華志文化

華志文化

湖它一把
東海岸最詩的傳奇

周慶華◎著

國內東海岸風景區，以臺東森林公園為輻射點。此處有湖泊有林木有東北季風吹拂，佔地廣袤，且能遠眺綠島蘭嶼，景幽人善，合該以一本詩集來誌記它的盛況。所命名的《湖它一把：東海岸最詩的傳奇》，乃戲仿雀局總贏時的興奮情緒，一以欣贊它大小湖泊疊象宜人；二以應許它有著後山無可比擬的一個特佳尋幽處。尤其是副標(東海岸最詩的傳奇)，還負有後續自解作意及技藝取徑要略的任務。

書內容簡介

詩興到了，僅憑一行就可以定身價，此乃本詩集的特殊處。它以輕發現一座森林滾動著風沙／幾大小湖帶著憂鬱／在顫動的季節裏串聯著想飛／天空不准等，邀你來參與臆想從幼兒到老年的整段光景，如何的在這裏搬演。

作者簡介

周慶華，文學博士，大學教職退休。出版有《文學理論》、《語言文化學》、《故事學》、《創造性寫作教學》、《語文符號學》、《文化治療》、《走出新詩銅像國》、《剪出一段旅程》、《新福爾摩沙組詩》、《意象跟你去遨遊》、《重組東海岸》、《詩後三千年》等七十多種。

序：輕發現

國內東海岸風景區，以臺東森林公園為輻射點。此處有湖泊有林木有東北季風吹拂，佔地廣袤，且能遠眺綠島蘭嶼，景幽人善，合該以一本詩集來誌記它的盛況。所命名的《湖它一把：東海岸最詩的傳奇》，乃戲仿雀局總贏時的興奮情緒，一以欣贊它大小湖泊疊象宜人；二以應許它有著後山無可比擬的一個特佳尋幽處。尤其是副標，還負有後續自解作意及技藝取徑要略的任務。

這是說詩以意象淬鍊見長，重點在於能夠連結兩個不同事物而達到創新世界的目的，並且為了符應作品可被記憶的通常是個別詩句而非整首詩此一觀念，以致直接採單句詩方式進駐讀者腦海，不必剪裁；同時結合所在地比他處尤能激發詩興的特性，姑且當它是東海岸一個最有詩味的傳奇。

我詩寫東海岸，已有數百次，幾年前曾以無法抵拒的美感為由重組了那些作品，自許為「東臺一雁聲」，不時「心躑躅在東海岸」，偶爾「品嚐花東縱谷」兼「織夢南迴線」，終而「空中飛人蛻變鐵道客」，還經常「情繫兩座島嶼」，最想「給你一二三四五六七行」，邀約一起「還來說後山」。當時誌及森林公園和連動周遭環境的並不多，如今退休潛居地毗鄰且時為悠遊，無妨用另一種心情來體驗此處獨有的景況，不敢自比大著陸，但輕發現絕對是有的。

至於輕發現了那些東西，則由各卷意遞進的「湖」／「湖在」／「在湖」／「湖在湖」／「在湖在」／「湖湖在」／「在在湖」／「湖湖」等稍微假借，總是要綜合彰顯我自己所歷經動感（不能已於內心對世界的關懷）、野蠻（卯上了馳騁想像力的快慰）和至美（回歸天地有大美的追尋）等階次作詩的旨趣。現在詩寫成了，能否十足蘊意成功，就留給大家隨便指稱了，我還得收拾因為說多了臆想所拖累的思緒亂碼，那已經不敢想像還得靠出另一本最新薪嚮資訊詩化的集子來療癒！

周慶華

目次

卷六　湖湖在／153

楔子

未了情

走過海岸雙腳偷聽到兩座島嶼遠年沈酣的喁唱

偶然互文：

雲影自來還自去
最高山閣未眠人

——清黃景仁〈山館夜作〉

最新物語

觀光吹號湖並數坐莊後山抖起來了

偶然互文：

若把西湖比西子
淡粧濃抹總相宜

——宋蘇軾〈飲湖上初晴後雨〉

5 湖它一把：東海岸最詩的傳奇

驚見

輕夢封住的小鎮在金烏啼叫中嘩啦啦地醒來

偶然互文：

應是子規啼不到
故鄉雖好不思歸
——明周在〈閨怨〉

夏季說要翻案

太陽狂吻外來客天空只藍藍地低噫著

偶然互文：

那堪正飄泊
明日歲華新

——唐崔塗〈除夜有懷〉

林中步道

被一條蛇禮讓我驚嚇的蹉跎而去

偶然互文：

穿花蛺蝶深深見
點水蜻蜓款款飛
——唐杜甫〈曲江〉

蹀躞

黑色的記憶怏怏卸載芬多精長白的意識

偶然互文：

此中有真意
欲辨已忘言

——晉陶淵明〈飲酒詩〉

望後望

大鵬俯衝橋上的車影急浪般地掀開來

偶然互文：

故鄉今夜思千里
霜鬢明朝又一年
——唐高適〈除夜作〉

寓公知道了

飛沙舞入空中在集結攔截東北季風的膽量

偶然互文：

羌笛何須怨楊柳
春風不度玉門關
——唐王之渙〈涼州詞〉

吼

卑南大溪跑出一行字後慌張地潛入海底

偶然互文：

秋風蕭蕭愁殺人
出亦愁入亦愁

——漢佚名〈古歌〉

南向

還有三條小溪裸體在爭睹剩餘的故事進駐

偶然互文：

桃花流水窅然去
別有天地非人間

——唐李白〈山中問答〉

市中心

鯉魚睡著了一隻貓守在旁邊不讓別人吃掉

偶然互文：

江聲不盡英雄恨
天意無私草木秋

——宋陸游〈黃州〉

胡老爹的遺澤

鐵花村散發創意宴客給你失去動力的熱氣球

偶然互文：

矮人看戲何曾見
都是隨人說短長

——清趙翼〈論詩〉

東臺夜景

兩籠峻嶺許諾後山挑戰最迢遙的一片燈海

偶然互文：

士女只知遊賞樂
誰能軫念及三邊

——元于石〈西湖〉

卷一　湖

入口

騰出空集合就讓你從綠水橋的變聲中穿過去

偶然互文：

萬物盛衰天意在
一身羈苦俗人輕

——宋蘇軾〈過蘇州〉

橋下風光

吃太多溝圳的灰泥忘了一次澄淨地流淌

偶然互文：

也應山水長無恙
只恐歸來人白頭
——清彭孫遹〈春日憶山中故居〉

毛毛蟲長大了

夾道樹上有捲曲的葉子在積蓄力氣想翻飛

偶然互文：

白頭宮女在
閒坐說玄宗

——唐元稹〈行宮〉

有奇蹟

鳥沿路啁啾叫她懷裏的嬰兒昂奮的睡一覺

偶然互文：

莫怪行人頭白盡
異鄉秋色不勝多

——明袁凱〈淮西夜坐〉

今天算你厲害

走入森林眼底驚艷湖綠在滿場海潮聲中

偶然互文：

久在樊籠裡
復得返自然

——晉陶淵明〈歸田園居〉

走過棧道

歲月爬出來花落蒂鞋印扭動半行斜八字

偶然互文：

為語遶枝烏鵲道
天寒休傍最高枝
——清黃景仁〈都門秋思〉

來處有久旱

漏接的雨水裝作沒聽見大地灰白的呼喊

偶然互文：

出師未捷身先死
長使英雄淚滿襟
——唐杜甫〈蜀相〉

到了這裏

眼睛已經解渴心還在年輪上討蕪掉的乾癟

偶然互文：

池塘生春草
園柳變鳴禽

——**晉謝靈運〈登池上樓〉**

等待

時間畫了一張地圖鑲在你我疲憊的臉上

偶然互文：

獨坐水亭風滿袖
世間清景是微涼
——宋寇準〈微涼〉

湖出場

它橫躺成一支琵琶風從上面挑動絃音

偶然互文：

低垂雲母帳
不忍見銀河

——明謝肇淛〈秋怨〉

導遊報到

偎著告示牌他還比出大葫蘆噎到一堆吐槽聲

偶然互文：

忽聞歌古調
歸思欲沾巾

——唐杜審言〈和晉陵陸丞早春遊望〉

角落小騷動

斗笠男犯禁用貪婪的回憶在偷偷地垂釣

偶然互文：

曾是洛陽花下客
野芳雖晚不須嗟

——宋歐陽修〈戲答元珍〉

遠眺

風聲催趕濃霧浮出一羣準備狼嗥的樹尖

偶然互文：

松筠敢厭風霜苦
魚鳥猶思天地寬

——清吳偉業〈自歎〉

也是沈默

我在觀景臺上胸口八分飽脹巨鵬凌空的呼嘯

偶然互文：

謝家池上無多景
祇有黃鸝一兩聲
——宋郭祥正〈金陵〉

轉瞬間

蜻蜓飛走長胖的男童蹭蹬過來湖激動了

偶然互文：

相看兩不厭
只有敬亭山

——唐李白〈獨坐敬亭山〉

殘片樹葉盪出船

剎一聲它離開枝頭飄落湖面風說你得划行

偶然互文：

道人不是悲秋客
一任晚山相對愁

——宋程顥〈題淮南寺〉

添景隊伍

麵包屑撒落小鯉魚看見一堆男女在比賽開心

偶然互文：

棲鴉流水空蕭瑟
不見題詩紀阿男
——清王士禎〈秦淮雜詠〉

慢下注

胖男童踅來繞去等不到一次瘋狂的投擲

偶然互文：

夜來風雨聲
花落知多少

——唐孟浩然〈春曉〉

紅唇族駕臨

兩口檳榔汁啐入湖中魚世界多出染色的夢

偶然互文：

肯與鄰翁相對飲
隔籬呼取盡餘杯

——唐杜甫〈客至〉

喧嘩給一陣風旋去

十幾張嘴興奮地把步道拉近又推遠

偶然互文：

開到荼蘼花事了
絲絲天棘出莓牆

——宋王淇〈春暮遊小園〉

逮到機會吆喝

宅配空隙胖男童終於吐出嘿喲兩個字給他心愛的湖

偶然互文：

只可自怡悅
不堪持贈君

——南齊陶宏景〈詔問山中何所有賦詩以答〉

看著你

影子在估量他重回襁褓會得到過期的憐愛

偶然互文：

過江千尺浪
入竹萬竿斜

——唐李嶠〈風〉

我的幻想

風吹瞇我雙眼看清他是一隻忘記季節的變形蟲

偶然互文：

老去衣襟塵土在
只將心目羨冥鴻

——宋曾鞏〈甘露寺多景樓〉

白篇

蝴蝶漫飛讓他把母親的呵護搶到路上奔跑

偶然互文：

平川十里人歸晚
無數牛羊一笛風
——明楊基〈春草〉

又一項奇蹟

木麻黃在湖畔迎風搖起成排的松濤

偶然互文：

春潮不管天涯恨
更捲西興暮雨來

——宋范成大〈浙江小磯春日〉

淺告別

坐等最後一朵晚霞枯萎我才扶著森林的孤獨離去

偶然互文：

一夕瘴煙風捲盡
月明初上浪西樓

——唐賈島〈寄韓潮州〉

湖從那裏出現

我夢裏長出一縷蜿蜒琤琮的琴聲

偶然互文：

落木千山天遠大
澄江一道月分明
——宋黃庭堅〈登快閣〉

卷二　湖在

道旁有迴響

少年人在躑躅蔓草幫他預約青蔥夢

偶然互文：

不愁花不飛
倒畏花飛盡
——梁蕭愨〈春庭晚望〉

兩隻蚱蜢

牠們交互彈跳活了路上一對吃葷的眼睛

偶然互文：

揮手自茲去
蕭蕭班馬鳴
——唐李白〈送友人〉

看牠顫動加驚奇

個體戶雉雞拍著短翅掠過訝然全給了兩旁失聲的臉

偶然互文：

煖風薰得遊人醉
直把杭州作汴州

——宋林洪〈西湖〉

避蟻羣

對方正在蒐尋殘片我從牠們的陣仗中躡腳過去

偶然互文：

驚鴉滿眼蒼煙裏
愁絕戍樓橫吹聲

——清趙執信〈曉過靈石〉

一排變葉木

探頭又欠身就等著一天用絢麗侵佔地面

偶然互文：

疑此江頭有佳句
為君尋取卻茫茫

——宋唐庚〈春日郊外〉

白色樹花

吐不出芬芳只好掛在尾端三點鐘晃漾

偶然互文：

曉看紅濕處
花重錦官城

——唐杜甫〈春夜喜雨〉

又見木麻黃

新裁的身影有前世的焦灼在搖曳

偶然互文：

自去何郎無好詠
東風愁寂幾回開

——明高啟〈梅花〉

別來攀附

老榦傾倒前還不忘漫吐毒素游絲引誘藤蔓上身

偶然互文：

微螢不自知時晚
猶抱餘光照水飛
——宋周紫芝〈秋晚〉

湖還在

看聲音聽水氣一定能摸到它纖巧的輪廓

偶然互文：

一樽竟藉青苔臥
莫管城頭奏暮笳
——宋趙元鎮〈寒食〉

用兩腳想念

南洋杉引路尖刺會細數你踱步遠去的次數

偶然互文：

試問亭前來往客
幾人花在故園看

——明徐熥〈郵亭殘花〉

半窪水塘

它窩在草叢中等待鬼魅來一起陰森

偶然互文：

不知腐鼠成滋味
猜意鵷雛竟未休

——唐李商隱〈安定城樓〉

倒了一棵無名樹

從根部撓斷霧絲漫進漫出黑森林很生氣

偶然互文：

牽牛織女遙相望
爾獨何辜限河梁

——魏曹丕〈燕歌行〉

有短衫客跑過

才眨個眼就飛去兩股旋風帶走一幢仰慕

偶然互文：

朝為媚少年

夕暮成醜老

——晉阮籍〈詠懷〉

神情很盎然

湖在另一端這裏競相倉促不是逗留地

偶然互文：

人生感意氣
功名誰復論

——唐魏徵〈述懷〉

藍在天上

知道你跟葉隙合謀的秘密它最愛篩落燃燒過的亮光

偶然互文：

平生最識江湖味
聽得秋聲憶故鄉

——宋姜夔〈湖上寓居雜詠〉

迎

兩聲三聲四聲五聲嘴漂越近越震動

偶然互文：

浮雲萬里傷心色
風送千秋變徵聲

——清黃景仁〈都門秋思〉

送走

我耳朵離去他們昂奮留著一路沒有空白

偶然互文：

灘聲不是無情思
嗚咽隨君為送行

——清施潤章〈送李萬安罷官歸里〉

風重來

咻你幾聲雀鳥驚飛聒噪掉了滿地

偶然互文：

賴有西鄰好詩句
賡酬終日自忘飢

——宋張耒〈屋東〉

撿起一顆元音

它很圓很純很道地風已經收入記憶的匣子

偶然互文：

天花落不盡
處處鳥銜飛

——唐綦毋潛〈宿龍興寺〉

還要探看

被湖遺忘的小徑有彩蝶在輕吮點絳唇

偶然互文：

何處青山隔塵土
一菴吾欲送華顛

——金元好問〈眼中〉

吟哦

小令短曲最適合翻身出來口舞一段清空

偶然互文：

博得美人心肯死
項王此處是英雄
——清吳偉業〈虞兮〉

找伴奏

對句也可以差堪點擊小小的給它響遏行雲

偶然互文：

浮沉千古事
誰與問東流

——唐薛瑩〈秋日湖上〉

停

驚顫滿路的生靈後心要駐蹕靦腆的笑它一回

偶然互文：

歌管樓臺聲細細
鞦韆院落夜沉沉
——宋蘇軾〈春宵〉

動感快到了盡頭

踩著凌亂的舞步只為了地衣還在寂寂的痴笑

偶然互文：

莫怪春來便歸去
江南雖好是他鄉
——明王恭〈春雁〉

另一座湖在望

雙眼撥開枝葉一個更大的驚異猛撞過來

偶然互文：

千秋疑案陳橋驛
一著黃袍便罷兵
——清查慎行〈汴梁雜詩〉

卷三　在湖

讓天空寶愛

湖水浮上天藍中有綠綠中有白

偶然互文：

但使主人能醉客
不知何處是他鄉
——唐李白〈客中行〉

擺方陣

人工站在四個角落吆喝一聲湖就現身了

偶然互文：

謝卻海棠飛盡絮
困人天氣日初長
——宋朱淑真〈清晝〉

向左向右

從兩邊跳盪開去它自己命名為活水的湖

偶然互文：

聞道欲來相問訊
西樓望月幾回圓

——唐韋應物〈寄李儋元錫〉

吃路

倒著走夏眼睛神氣的啃掉一條路

偶然互文：

路窮絕兮矢刃摧
士眾滅兮名已隤
——漢李陵〈別歌〉

轉角處

在湖邊我資遣了一度半完整的自己

偶然互文：

羈旅無終極
憂思壯難任

——魏王粲〈七哀詩〉

草長出湖

短藺銜成一列讓鳧沒頂行人失睛

偶然互文：

花落家僮未掃
鶯啼山客猶眠

——唐王維〈田園樂〉

單車一路搖晃過來

它騎著靚女趨近彎曲了我平等的視線

偶然互文：

一水護田將綠遶
兩山排闥送青來
——宋王安石〈書湖陰先生壁〉

問候

賭大哦她嘴裏吐出一粒驚奇

偶然互文：

如何十二金人外
猶有人間鐵未銷
——元陳孚〈博浪沙〉

魚三躍

牠把膽量拋出水面做了三次花式跳動

偶然互文：

千古艱難惟一死
傷心豈獨息夫人
——清鄧漢儀〈題息夫人廟〉

水鴨隻身撐湖

湖心有船在划人嚇到漣漪一隻鳧忘了潛入恐懼

偶然互文：

東望玉京將萬里
雲霄何處是蓬萊
——明郭登〈甘州即事〉

波光粼粼

太陽叫喚水神穿金戴銀出場散點亮相

偶然互文：

有情芍藥含春淚
無力薔薇臥曉枝
——宋秦觀〈春日〉

又一魚騰躍

給你看頂級絕技牠翻身狂飛了九次

偶然互文：

殺氣三時作陣雲
寒聲一夜傳刁斗

——唐高適〈燕歌行〉

山從遠處漫踱過來

向我迎來的山一步一個逗點加斜槓

偶然互文：

歡樂極兮哀情多
少壯幾時兮奈老何

——**漢劉徹〈秋風辭〉**

她算一景

倩影背對晃動到了我皺褶的欲望

偶然互文：

其人雖已沒
千載有餘情

——晉陶淵明〈詠荊軻〉

美腿

前面兩條琴絃在彈遠去無聲的流蘇

偶然互文：

天蒼蒼野茫茫
風吹草低見牛羊

——北齊斛律金〈敕勒歌〉

風沙頓起

漫過來滿天昏黃的驚嘆號

偶然互文：

老去功名意轉疏
獨騎瘦馬取長途
——宋晁仲之〈夜行〉

聽海在林外咆哮

浪濤用碎裂的吼聲繳出一段沒有結局的故事

偶然互文：

不知深樹裏
還住幾人家

——明劉球〈山居〉

水淹閘門

颱風過後水問天要雙重變奏

偶然互文：

江上楚歌最哀怨
招魂不獨為靈均

——清嚴遂成〈烏江項王廟題壁〉

擡望眼

π
Ø相乘長出一顆頭顱

偶然互文：

太平天子朝元日
五色雲車駕六龍

——宋林洪〈宮詞〉

微醺在淡入

醒來一切剛好是半篇虛胖的散文

偶然互文：

好是日斜風定後
半江紅樹賣鱸魚
——清王士禎〈真州絕句〉

挺住

有人學貓叫春天空說只能給你沈默初發的月光

偶然互文：

睡起莞然成獨笑
數聲漁笛在滄浪
——宋蔡確〈水亭〉

撞到一羣陸客

臨時演員跑龍套累死一齣戲還歡呼

偶然互文：

日暮鄉關何處是
煙波江上使人愁

——唐崔顥〈黃鶴樓〉

卷四　湖在湖

忌日

四個人跳入水中慶生他僵直的浮了上來

偶然互文：

借問蜉蝣輩
寧知龜鶴年
——晉郭璞〈遊仙詩〉

高貴人別來

很多隻手等著鍛鍊前世失約的臂力

偶然互文：

昔時人已沒
今日水猶寒
——唐駱賓王〈于易水送人〉

特准

英雄試膽一律發給沒有灰色加註的通行證

偶然互文：

山重水複疑無路
柳暗花明又一村

——宋陸游〈遊山西村〉

比賽中

單帆入水祂們的亢奮也入水

偶然互文：

谷暗千旗出
山鳴萬乘來
——唐宋之問〈扈從登封途中作〉

乘風破浪

年輕人站在船頭一個助手騰空幫他搧風

偶然互文：

江山代有才人出
各領風騷數百年

——清趙翼〈論詩〉

贏

划出終點的空中響起一聲獎附送尾音

偶然互文：

天弧不解射封狼
戰骨縱橫滿路旁

——明劉基〈感興〉

龍舟下水

祂們竄入岸邊人潮中一起吸氣尖叫呼喊加油

偶然互文：

不識廬山真面目
只緣身在此山中
——宋蘇軾〈題西林寺壁〉

看臺邊

行陣中還有一旅空降師在清點秩序

偶然互文：

此曲只應天上有
人間能得幾回聞
——唐杜甫〈贈花卿〉

端午佳節過後

一名男子用蝶式橫渡祂們在湖上為他強化阻力

偶然互文：

秋風不用吹華髮
滄海橫流要此身

——金元好問〈壬辰十二月車駕東狩後即事〉

清空

湖在湖有寒波升起風吹皺它的臉

偶然互文：

等閒識得東風面
萬紫千紅總是春
——宋朱熹〈春日〉

無人機在上空盤旋

兩條魚被唆使去相同航線上飆了一段超速的自由式

偶然互文：

兩個黃鸝鳴翠柳
一行白鷺上青天
——唐杜甫〈絕句〉

入我眼

祂們咧嘴對著我笑把得意攥在手裏

偶然互文：

竹外桃花三兩枝
春江水暖鴨先知
——宋蘇軾〈惠崇春江晚景〉

紅毛也來軋一角

水草釋出一盎司的恐慌決定不回收了

偶然互文：

柳絮池塘春入夢
朵花庭院冷侵衣
——元袁凱〈白燕〉

放過他

非我族類佔位子語言會增多變蒼白

偶然互文：

坐愛新涼好
先秋有候蟲
——明沈木〈夜起〉

通靈人報到

陸地在灑淨祂們站定湖中看七分熱鬧

偶然互文：

行人繫纜月初墮
門外野風開白蓮
——清王士禎〈再過露筋祠〉

鐵人三項

一項游泳教水族避到無緣無地降半旗

偶然互文：

白雲一片去悠悠
青楓浦上不勝愁
——唐張若虛〈春江花月夜〉

乩正

來投湖的人看見笑臉太寬又胖回去了

偶然互文：

荒涼欲就羣蛙問
今有觀天坐客無
——宋呂南公〈廢井〉

雲

它的倒影掠走人種誌祂們要一路畫押

偶然互文：

渴不飲盜泉水
熱不息惡木蔭

——曾陸機〈猛虎行〉

歇會兒

細數白晝太黑夜太冗長

偶然互文：

獨下千行淚
開君萬里書

——西魏庾信〈寄王琳〉

再來幾船單帆

這次會讓風推著它們鈍重上岸

偶然互文：

莫見長安行樂處
空令歲月易蹉跎

——唐李頎〈送魏萬之京〉

遠山含笑

那裏搬演的是一齣失葷欠熟的戲碼

偶然互文：

影搖千尺龍蛇動
聲撼半天風雨寒
——宋石延年〈古松〉

泥燕不敢來

牠們只知道在薄暮中衝擊溪面可以搶到一片彩霞

偶然互文：

顛狂柳絮隨風舞
輕薄桃花逐水流

——唐杜甫〈漫興〉

凌空

大鵬呼嘯來去有帝國後悔遺失的情節

偶然互文：

問天天不言
屈平空著書

——清陸次雲〈雜詩〉

波臣自白

久久才搞定一床飄忽的夢絮都是東北季風惹的禍

偶然互文：

荷盡已無擎雨蓋
菊殘猶有傲霜枝

——宋蘇軾〈贈劉景文〉

忘

準英雄照樣來賭湖會為他升起一條等高線

偶然互文：

山中一夜雨
樹杪百重泉

——唐王維〈送梓州李使君〉

什麼時候歸去

天老地荒湖乾涸風蒸發閒情沒了

偶然互文：

萬嶺過雲秋色裏
一峯擎雪夕陽中
——宋文同〈運判南園瞻民閣〉

卷五　在湖在

新風景

中年釣竿湖岸草快樂得集體脫衣了

偶然互文：

千金盡買羣花笑
一病纔徵結髮情
——清袁枚〈病中贈內〉

借一步說話

短投擲魚上鉤微笑你得給鏡頭上色

偶然互文：

寂寂江山搖落處
憐君何事到天涯

——唐劉長卿〈長沙過賈誼宅〉

對岸有人

相同姿勢斜肩景偏一邊他望過來視線沈甸甸的

偶然互文：

奇文共欣賞
疑義相與析

——晉陶淵明〈移居〉

許諾

釣過寒江雪再去扮演蓑笠翁歷史十分寫意

偶然互文：

千山鳥飛絕
萬徑人踪滅

——唐柳宗元〈江雪〉

鳥飛絕

山幾座湖在森林外鳥息影天空要放電

偶然互文：

孤舟蓑笠翁
獨釣寒江雪

——唐柳宗元〈江雪〉

拋出希望

不為養家停頓旅途太勞累分身保住了幾寸顏面

偶然互文：

俯仰終宇宙
不樂復何如
——晉陶淵明〈讀山海經〉

碰

在湖在一汪水清澈徹撤車戳叉

偶然互文：

梁燕語多終日在
薔薇風細一簾香

——宋李清照〈春殘〉

這一端熱鬧

坐或站叼根菸看向水中迷濛發了閒人免進

偶然互文：

若待上林花似錦
出門俱是看花人

——唐楊巨源〈城東早春〉

想是

偽裝一袋牢騷都來存放跟隨前腳不准提清

偶然互文：

風物晴和人意好

夕陽簫鼓幾船歸

——宋徐元杰〈湖上〉

沒由來釣空

排比魚簍他的缺少活蹦亂跳還原時空有流風

偶然互文：

匆匆歸到神仙府
為問蟠桃熟也無

——明朱權〈送天師〉

欖仁活樹

葉一夕脫光一朝長出葉實滿地彈跳在釣客背後秀演技

偶然互文：

人生有酒須當醉
一滴何曾到九泉
——宋高菊卿〈清明〉

蝶舞

兩隻蛺蝶欺近問不到莊生又搗著臉飛走了

偶然互文：

獨有鳳凰池上客
陽春一曲和皆難
——唐岑參〈和賈舍人早朝〉

旋轉輕蹦進退頻繁撐花俏等人看它們幾眼

飄絮在步道上逗留

偶然互文：

民之劬勞兮噫
遼遼未央兮噫

——漢梁鴻〈五噫歌〉

慢動作回望

經過時我投以九成熱心他們報答我一百八十度冷臉

偶然互文：

海內存知己
天涯若比鄰

——唐王勃〈送杜少府之任蜀州〉

我猶豫

佇立還是離去兩腳交換命令不聽上頭指揮

偶然互文：

鱸魚正美不歸去

空戴南冠學楚囚

——唐趙嘏〈長安秋望〉

互看

釣客客釣客客釣彼此凝視上期約定的希望

偶然互文：

子規夜半猶啼血
不信東風喚不回
——宋王令〈春怨〉

堅持一個長夏

蟬鳴蛩叫地呢喃點擊從第一起晨曦到最後一輪黃昏

偶然互文：

行到水窮處
坐看雲起時
——唐王維〈終南別業〉

颼

過了中秋風在唱名天灰暗耳邊多出尖刺的響聲

偶然互文：

下來閒處從容立
疑是蟾宮謫降仙

——宋洪覺範〈鞦韆〉

來時路

幾度彎折後餘興黏甜的報告說心情還很悠長

偶然互文：

何必登首陽
高歌懷采薇

——清陸次雲〈雜詩〉

湖逛完了

路把湖框起來我偕光去測量撿到四個季節的留連

偶然互文：

歸閒我欲頻來此
枕簟仍教到處隨

——宋黃庭堅〈新竹〉

恭喜

終於知道地標要湖的洗禮等待沈默驗證

偶然互文：

朝來入庭樹
孤客最先聞

——唐劉禹錫〈秋風引〉

還有餘波盪漾

爬上高處眺望綠島蹲在海面蘭嶼縮成一條小號毛毛蟲

偶然互文：

今朝試卷孤蓬看
依舊青山綠樹多
——宋朱熹〈水口行舟〉

前進

轉土坡過涵洞還有湖在呼喚不能告別

偶然互文：

細數落花因坐久
緩尋芳草得歸遲
——宋王安石〈北山〉

卷六　湖湖在

隧道花架

涵洞外一條龍披著彩帶探天曲行而去

偶然互文：

遙遙望白雲
懷古一何深

——晉陶淵明〈和郭主簿〉

上坡

窄縮的路面自己波動起來竹影推它上去

偶然互文：

身無綵鳳雙飛翼
心有靈犀一點通

——唐李商隱〈無題〉

平坦後

左右都是悠閒的落葉我的腳四顧茫然

偶然互文：

賴有畦丁曾識客
來禽花送兩三枝
——宋陳傅良〈遊趙園〉

路邊景況

禁制語爬上告示牌仿冒兩句格律詩在等感動

偶然互文：

任是深山更深處
也應無計避征徭

——唐杜荀鶴〈時世行〉

擇

少人走的那條路我給了它甲級滿意的答案

偶然互文：

道通天地有形外
思入風雲變態中

——宋程顥〈秋日偶成〉

升格

枯死焦黑的木痲黃枝椏上黏著一個活字

偶然互文：

山吞殘日暮
水挾斷雲流

——元黃庚〈西州即事〉

找緣由

詩人說頂頭空白太多它得再呼吸一次長上去

偶然互文：

卻笑唐家邊境小
但教諸將取涼州

——清沈德潛〈塞下曲〉

降格

鳳凰花阿勃勒紅白切綠色的贏了

偶然互文：

怪來詩思清人骨
門對寒流雪滿山
——唐韋應物〈休假日訪王侍御不遇〉

滿地都是它的遺澤

黃白暈染的花毯溢滿步道遊客自己奏起迎賓樂

偶然互文：

家僮偶見草頭字
誤認離騷是藥方

——宋樂雷發〈夏日偶書〉

有水蓮

一漥池塘浮著幾片圓葉要人美它半杯出水芙蓉

偶然互文：

拂簷應有意
偏宜桃李人

——南梁蕭繹〈詠陽雲樓簷柳〉

林相急急

它們不搖松風但學雲霧挑染飄逸

偶然互文：

洛陽親友如相問
一片冰心在玉壺

——唐王昌齡〈芙蓉樓送辛漸〉

來人

快步走過去的那羣壯年男女已經把夕陽敘寫在臉上

偶然互文：

能得幾多殘暑在
草根何處不蛩聲
——宋方岳〈月夜〉

記

還是花香過一次又一次散步吞吐的氣息被蝸牛發現了

偶然互文：

時人不識余心樂
將謂偷閒學少年

——宋程顥〈偶成〉

取景

攝影機攏出來一羣人濃綠到忘了搔首弄姿

偶然互文：

不對芳春酒
還望青山郭

——南齊謝朓〈遊東田〉

樹很高大

掩偃遮全披覆連蜻蜓也選不定那一個親和貼上去

偶然互文：

明說賦才無用處
鄒陽枚馬任沉淪

——**清王曇〈漢武帝茂陵〉**

讓它紅

湖湖在這場藏跡比賽中沒出力就抱走上天特製的獎盃

偶然互文：

東風不與周郎便
銅雀春深鎖二喬
——唐杜牧〈赤壁〉

我在

追蹤到它們行動變大了算數也變大了

偶然互文：

扶搖不起滄溟遠
笑煞摶鵬似爾難

——宋王之令〈紙鳶〉

鬼魅閃一邊去

看見水管架上掛著血淋頭的女孩且去故事外驚聲尖叫

偶然互文：

悠悠百世後
英名擅八區
——晉左思〈詠史〉

偶爾陰天

過去現在未來這裏都會晴空蔚藍

偶然互文：

花飛莫遣隨流水
怕有漁郎來問津

——宋謝枋得〈慶全庵桃花〉

謊一次

我來不是為了跟湖聯誼搏感情

偶然互文：

思君如滿月
夜夜減清輝

——唐張九齡〈自君之出矣〉

有

畫好的逃逸路線圖不必加密玩心會幫它無限期保存

偶然互文：

太平待詔歸來日
朕與先生解戰袍

——明朱厚熜〈送毛伯溫〉

自願頹廢

早起出門別管陰晴有活激動去幹就是了

偶然互文：

野梟眠岸有閒意
老樹著花無醜枝
——宋梅堯臣〈東溪〉

魅

我的心才去市塵尋找寂寞他們就來這裏等待喧囂

偶然互文：

空山松子落
幽人應未眠
——唐韋應物〈秋夜寄丘二十二員外〉

非是

來此地只為了累積半生胡思亂想的能量

偶然互文：

自是不歸歸便得
五湖煙景有誰爭
——唐崔塗〈春夕旅懷〉

還要賭

沒輒了傳奇在討詩我得謅一包給它

偶然互文：

春色滿園關不住
一支紅杏出牆來

——**宋葉適〈遊小園不值〉**

湖湖在在湖還沒到

腸道很長飢餓也很長你喊一聲它們就會蹦出來

偶然互文：

姑蘇城外寒山寺
夜半鐘聲到客船

——唐張繼〈楓橋夜泊〉

卷七　在在湖

最後一湖

它的名字叫鷺鷥形象需要來點超鏈結

偶然互文：

攜取舊書歸舊隱
野花啼鳥一般春

——宋陳摶〈歸隱〉

看無

水鳥不來湖自己找互動去了

偶然互文：

行行無別語
只道早還鄉

——明袁凱〈京師得家書〉

拱橋另一邊

還有一池小號的攜手作伴毋須費心翻遍圖鑑問多向

偶然互文：

意態由來畫不成
當時枉殺毛延壽
——宋王安石〈明妃曲〉

末端風景

一列七里香在闃寂的步道上吐芬渴望有白色文本來指涉

偶然互文：

天荒地變心雖折
若比傷春意未多
——唐李商隱〈曲江〉

讓

兩輛單車闖進來我點我點沒出現一個靜字

偶然互文：

慟哭六軍俱縞素
衝冠一怒為紅顏
——清吳偉業〈圓圓曲〉

進水口嘩啦啦

湖尾一景你得驚疑不定為的是它正在諧擬加拼貼

偶然互文：

莫向荷花深處去
荷花深處有鴛鴦

——宋何應龍〈采蓮曲〉

傾聽

風退出樂音進入湖面綴著華爾滋合歡水袖舞

偶然互文：

芙蓉生在秋江上
不向東風怨未開

——唐高蟾〈下第後上高侍郎〉

定睛望去

雲影樹印佔剩的版面中有人強按鍵銜走一片天光

偶然互文：

昔年荊棘路
又滿闔閭宮
——明高啟〈兵出後郭〉

午後版

腳步連結輕噪律動到了滿湖嚴肅的翠綠

偶然互文：

低回愧人子
不敢歎風塵
——清蔣士銓〈歲暮到家〉

有間屋舍掩映在樹中

閉了門守湖人偷閒找尋另一處僻靜去了

偶然互文：

可憐無定河邊骨
猶是春閨夢裏人

——南唐陳陶〈隴西行〉

徘徊

我放慢年紀回看二十歲的自己白頭翁飽飫了一段滄桑

偶然互文：

劉郎不敢題餻字
虛負詩中一世豪
——宋宋祁〈九日食餻〉

剪倩影

遠離塵囂後湖被迫收藏南來北往情侶老去的笑靨

偶然互文：

十年一覺揚州夢
贏得青樓薄倖名

——唐杜牧〈遣懷〉

互動標章

網路慢些激動這裏已經有半片後後現代美感在上演

偶然互文：

暗牖懸蛛網
空梁落燕泥

——隋薛道衡〈昔昔鹽〉

再超鏈結一次

樹花無聲舞蹈音樂情侶屋舍白頭翁紛紛報數向你喊有

偶然互文：

烏啼月落橋邊寺
倚枕猶聞半夜鐘
——宋孫覿〈楓橋三絕〉

巴特迷

請克莉絲特娃來坐鎮大家就能一起嗨翻

偶然互文：

興亡誰識天公意
留著青城閱古今
——金元好問〈癸巳四月二十九日出京〉

延異重現

皋南溪在堤外奔跑都蘭山在天邊彩排湖都聽到了

偶然互文：

灞橋兩岸千條柳
送盡東西渡水人

——清王士禎〈寄內〉

非非也

嘴砲開到德希達你的抗議全部失效

偶然互文：

陳壽爾何知
還問司馬懿
——清劉獻廷〈詠史〉

隨它去神精

搬出上帝創造觀中人什麼點子都想煮得色香味俱全

偶然互文：

野火燒不盡
春風吹又生

——唐白居易〈草〉

誤點

氣化觀的世界沒這調兒卻有一卡車人賠本在調度時差

偶然互文：

西崦人家應最樂
煮葵燒筍餉春耕

——宋蘇軾〈新城道中〉

沒例外

拾人唾餘就留給緣起觀的社會湖也議定確認了

偶然互文：

垂死病中驚坐起
暗風吹雨入寒窗

——唐元稹〈聞樂天授江州司馬〉

頭已洗了一半

總不能晃著濕漉漉的腦袋出來見客吧

偶然互文：

何事春風容不得
和鶯吹折數枝花
——宋王禹偁〈春居雜興〉

難辨吔

舊帝國翻身想復活神仙你們都避去幕後找地方乘涼

偶然互文：

潮平兩岸闊
風正一帆懸
——唐王灣〈次北固山下〉

應悔夫婿覓封侯

忽見陌頭楊柳色閨怨新一章

偶然互文：

賢愚千載知誰是

滿眼蓬蒿共一丘

——宋黃庭堅〈清明〉

回首

心茫茫路茫茫旅店也茫茫

偶然互文：

馬後桃花馬前雪
出關爭得不回頭
——清陳玉齊〈出關〉

先後設一下

寫詩這行業風險大湖明天會啟動超鏈結同情你

偶然互文：

人間易有芳時恨
地勝難招自古魂

——唐韓偓〈春盡〉

又見陸客

他們用嗓門丈量湖的寬度嚇到鬼魅忘了幫忙拉長距離

偶然互文：

平明忽見溪流急
知是他山落雨來
——宋翁卷〈山雨〉

卷八　湖湖

哲學查堂

記得詩雄和思辨過招一直都很柏拉圖就是了

偶然互文：

只因誤識林和靖
惹得詩人說到今
——宋王淇〈梅〉

楔子

開門有它裸身呆著只怕有人不來窺探帶走一些東西

偶然互文：

山光悅鳥性
潭影空人心
——唐常建〈破山寺後禪院〉

湖

先給一輩子勞碌的美感上道開胃菜

偶然互文：

寧不知傾城與傾國
佳人難再得

——漢李延年〈佳人歌〉

湖在

優美崇高少許悲壯前現代就靠你們復活重光一次

偶然互文：

無風楊柳漫天絮
不雨棠梨滿地花

——宋范成大〈碧瓦〉

在湖

現代分列式滑稽也得拚老命擠上版面

偶然互文：

俱懷逸興壯思飛
欲上青天覽明月

——唐李白〈宣州謝朓樓餞別校書叔雲〉

湖在湖

怪誕另一分列式更加要塗脂抹粉登臺

偶然互文：

多情只有春庭月
猶為離人照落花
——南唐張泌〈寄人〉

在湖在

逛過裝置藝術來玩玩這卷後現代拼貼會昇華眼饞功力

偶然互文：

作詩火急追亡逋
清景一失後難摹

——宋蘇軾〈臘日遊孤山訪惠勤惠思二僧〉

湖湖在

這像後現代諧擬詩人故意置後讓讀者腳底振奮

偶然互文：

途窮天地窄
世亂死生微
——明沈欽圻〈亂後哭友〉

在在湖

多向互動把網路搬來紙面充當後山也在搞後後現代

偶然互文：

南朝四百八十寺
多少樓臺煙雨中
——唐杜牧〈江南春〉

湖湖

湖它一把詩出世傳奇編造完竣

偶然互文：

問渠那得清如許
為有源頭活水來

——宋朱熹〈觀書有感〉

能一併後設的就這些

從此不可以沒得到允許要我多補幾行給你過乾癮

偶然互文：

只在此山中
雲深不知處

——唐賈島〈尋隱者不遇〉

夕照中

兩個老人坐在岸邊眼神昏濛的吞沒了一座湖

偶然互文：

歸鴉不帶殘陽老
留得林梢一抹紅
——宋真山民〈晚步〉

附錄一　零拾

那個愛貓的詩人

守候一個失眠夜等到十響翻出魚肚白的黎明

火車上驚艷

我跟美色交媾
眼睛得到八分快感
剩餘的留給回程
讓它綁架記憶

沒有一個生命消逝

——讀李德材憶父文〈靈魂的風〉有感

風在靈魂中呢喃
酒神再一次喝唱生的喜悅
情擺脫了時空的纏綿

詩在疼痛

牙齒跳舞過了
夢正要獰笑
今天是星期八
攤開稿紙
看到你
我的眼睛十分抽搐

蛻化後

——參觀廖晨昕愜藝美展有感

破繭而出的那一刻
就確定了你的彩衣斑斕驚炫
然後蹁躚身影逼視過來
再度看見一個超級達利在咧嘴微笑

舞動藍天准你減重輕飄
還在品嚐花露的千卉會給出一床香茵
對著自己呼喊也有山巔水湄的迴聲

都是蛹中不安的歲月捉弄
毛毛蟲才忘了吞吐純棉的記憶
如今長壯的心思要振翅飛去
調色盤許願一定得帶上中間三句

諸羅舊地新遊

——驚帆2016

飛鴻轉彎散開滿樹的枝葉
一聲感恩月份的邀請
盛意站在松田崗休閒農莊逍遙呼喚

主人腰挾一把琴
演完街頭藝人趕去當志工
他說幸運的人生不能尾端留白
兒孫會想念享受這個片段
今天就給你看餘心卯到的事業第二春

驚帆又齊聚諸羅舊地
敢情是要償還四十年前未盡的遊興
那時大夥都奔上阿里山去緣慳一場日出

遺憾留給了鐵道轟隆的車聲

來不及告別一首高山青
裏面還有隱式纏綿的憶念
如今就在山腳下喁喁的眺望
新遊一座臺灣仿製添味的峇里島
讓南洋風溫慰曲抑久違的渴欲

夢幻雨林南十字星香草工坊
進園後眼到情就發
兩腳還可以啣幾撮棕櫚身影回家
記得這是一次奢華爛漫的集會

貓空攬勝
——驚帆2017

臺北老盆地
文山非包種的家鄉
木柵圈養了許多動物
貓空在俯瞰
驚帆駕到

年度盛會登高
鍾情選定四哥的店
馬蹄再奔逸
帆影齊聚
紛紜要找馳道港泊
喜獲一條纜線

主人出讓他的私房景點
誠意穿梭在信件ＬＩＮＥ和ＦＢ中
邀大家尋壺穴賞魯冰花喝閒咖啡
跟地圖相遇於循山步道
帶走一座歡樂農園
還有風味午餐

踩山踏青
重回一段年少的心
那時有不能止遏的躍動
如今遊興已逐漸老邁
只剩腳力尚在

家鄉味吃它一年重量

——鷺帆2018

在月臺鵠候一列火車
探照燈穿透擁擠的人羣
融化廣播的尾音
臺北起站有暖暖鼓鼓的等待

還沒走出地底透氣
板橋到了耳朵送還它滿檔的響聲
想下車的旅客不必上車

重見光明後迎接鶯歌
不想上車的旅客趕快下車
時間要為眼睛加速除霧

猶豫上下車的旅客去夢裏消費
離開後最好攜帶閒情歸來
特大號的桃園也到了前面有一縷餘香飄春

終點中壢是驚帆移動的約定地
腳下車心更無意留著
猛抬頭發現四個季節已經悠然遠杳

東道主獨鍾一家新陶芳會館
山野健行留給大家明朝分段想像
今天是臺菜配輕鬆
飽飫了記得撐著足夠懷念一年的重量回家

大溪地尋芳

——鷺帆2019

春雷渥著乍響
蟄伏一年的殘夢飛快甦醒

話筒那頭傳來振奮的邀約
東道主早已備料中有整全的盛意
給大夥描繪的地圖藏著一條蜿蜒的路線
通向C　House溪房子手作坊無嘩的店

美食配對公園的景色
山巒横出環抱眼前的世界
底下一道溪流淌出了吃名的豆干
陪榜就看那玩不膩大小顆陀螺的娛情

鄰近還有兩處重地嵌著歷史的債務
讓它任由起自四面八方的怨嗟去看守
我們只圖這一晌貪歡

酒與話語無盡
芳華也無盡

杜家的有機果菜續集

驅使一座園圃
讓它變身
從簡瘦到繁茂撩眼
愛意就這般甜甜的孳生了

兩腳早已忘記來時城市灰濛的天空
這裏只要還能踩到蔚藍的影子
希望就會綰結出一道微笑的彩虹

邊區資材室矗立過冉然成堆的生臆
如今又衍化徜徉一床的熟夢
不愁風雨闖入將它曝光

代替勞務掘了井
動力汲水噴向滿地的華麗

一畦新苗伴奏兩行鬆軟的歌古調
都解渴到恆久潺湲的懸念

給力蔬菜從新叫它青蔥
然後忍看瓜蓏爬上了枝頭
請來釋迦芭樂酪梨柳丁諾麗另外扮飾一樹的驚喜
主人要查驗火籠果怎樣把羞澀脹紅它那多處的耳根
最終發現甘蔗偷吃隔壁蕉園的肥料長胖了

兌換安心加持的有機健康
從此不再計算墊高超標的成本
創造它效益洋溢出一分半地的盛綠
你們得到了兩簍永不退鮮的美感

東南運行繼續中年歲月不盡的飄忽
我又加入修補養生學分的行列
裏面有賢伉儷沈甸甸的惠賜多一屋子煦陽

端上餐桌看艷牽出話題後
才知道幸福已經等不及要親自來註記了

附錄二　作者著作一覽表

一、論著

1.《詩話摘句批評研究》，臺北：文史哲，1993。
2.《秩序的探索——當代文學論述的省察》，臺北：東大，1994。
3.《文學圖繪》，臺北：東大，1996。
4.《臺灣當代文學理論》，臺北：揚智，1996。
5.《佛學新視野》，臺北：東大，1997。
6.《臺灣文學與「臺灣文學」》，臺北：生智，1997。
7.《語言文化學》，臺北：生智，1997。
8.《兒童文學新論》，臺北：生智，1998。
9.《新時代的宗教》，臺北：揚智，1999。
10.《佛教與文學的系譜》，臺北：里仁，1999。
11.《思維與寫作》，臺北：五南，1999。
12.《中國符號學》，臺北：揚智，2000。
13.《文苑馳走》，臺北：文史哲，2000。
14.《作文指導》，臺北：五南，2001。
15.《後宗教學》，臺北：五南，2001。
16.《故事學》，臺北：五南，2002。

17.《死亡學》，臺北：五南，2002。
18.《閱讀社會學》，臺北：揚智，2003。
19.《文學理論》，臺北：五南，2004。
20.《語文研究法》，臺北：洪葉，2004。
21.《創造性寫作教學》，臺北：萬卷樓，2004。
22.《後佛學》，臺北：里仁，2004。
23.《後臺灣文學》，臺北：秀威，2004。
24.《身體權力學》，臺北：弘智，2005。
25.《靈異學》，臺北：洪葉，2006。
26.《語用符號學》，臺北：唐山，2006。
27.《紅樓搖夢》，臺北：里仁，2007。
28.《語文教學方法》，臺北：里仁，2007。
29.《走訪哲學後花園》，臺北：三民，2007。
30.《佛教的文化事業——佛光山個案探討》，臺北：秀威，2007。
31.《轉傳統為開新——另眼看待漢文化》，臺北：秀威，2008。
32.《從通識教育到語文教育》，臺北：秀威，2008。
33.《文學詮釋學》，臺北：里仁，2009。

34.《反全球化的新語境》，臺北：秀威，2010。
35.《文學概論》，新北：揚智，2011。
36.《語文符號學》，上海：東方，2011。
37.《生態災難與靈療》，臺北：五南，2011。
38.《華語文教學方法論》，臺北：新學林，2011。
39.《文化治療》，臺北：五南，2012。
40.《華語文文化教學》，新北：揚智，2012。
41.《文學經理學》，臺北：五南，2016。
42.《文學動起來——一個應時文創的新藍圖》，臺北：秀威，2017。
43.《解脫的智慧》，臺北：華志，2017。
44.《走出新詩銅像國》，臺北：華志，2019。
45.《與君子有約：在全球化風險中找出路》，臺北：華志，2020。
46.《靈異語言知多少》，臺北：華志，2020。
47.《新說紅樓夢》，臺北：華志，2020。
48.《《莊子》一次看透》，臺北：華志，2020。
49.《君子學：後全球化時代的希望工程》，臺北：華志，2021。
50.《寫作新解方》，臺北：華志，2021。

51.《《周易》一次解密》，臺北：華志，2021。
52.《諸子臺北學》，臺北：華志，2022。

二、詩集

1.《蕪情》，臺北：詩之華，1998。
2.《七行詩》，臺北：文史哲，2001。
3.《未來世界》，臺北：文史哲，2002。
4.《我沒有話要說——給成人看的童詩》，臺北：秀威，2007。
5.《又有詩》，臺北：秀威，2007。
6.《又見東北季風》，臺北：秀威，2007。
7.《剪出一段旅程》，臺北：秀威，2008。
8.《新福爾摩沙組詩》，臺北：秀威，2009。
9.《銀色小調》，臺北：秀威，2010。
10.《飛越抒情帶》，臺北：秀威，2011。
11.《游牧路線——東海岸愛戀赤字的旅行》，臺北：秀威，2012。
12.《意象跟你去遨遊》，臺北：秀威，2012。
13.《流動偵測站——列車上的吟詩旅人》，臺北：秀威，2016。

14.《詩後三千年》，臺北：秀威，2017。
15.《重組東海岸》，臺北：秀威，2018。
16.《絕句詩變身秀》，臺北：華志，2022。
17.《湖它一把：東海岸最詩的傳奇》，臺北：華志，2022。

三、散文集

1.《追夜》（附錄小說），臺北：文史哲，1999。
2.《酷品味：許一個有深度的哲學化人生》，臺北：華志，2018。

四、小說集

1.《瀰來瀰去——跨域觀念小小說》，臺北：華志，2019。
2.《叫我們哲學第一班》，臺北：華志，2021。

五、傳記

1.《走上學術這條不歸路》，新北：生智，2016。

六、雜文集

1.《微雕人文——歷世與渡化未來的旅程》，臺北：秀威，２０１３。

七、編撰

1.《幽夢影導讀》，臺北：金楓，１９９０。

2.《舌頭上的蓮花與劍——全方位經營大志典：言辭卷》，臺北：大人物，１９９４。

八、合著

1.《中國文學與美學》（與余崇生、高秋鳳、陳弘治、張素貞、黃瑞枝、楊振良、蔡宗陽、劉明宗、鍾屏蘭等合著），臺北：五南，２０００。

2.《臺灣文學》（與林文寶、林素玟、林淑貞、張堂錡、陳信元等合著），臺北：萬卷樓，２００１。

3.《閱讀文學經典》（與王萬象、董恕明等合著），臺北：五南，２００４。

4.《新詩寫作》（與王萬象、許文獻、簡齊儒、董恕明、須文蔚等合著），臺北：秀威，２００９。

國家圖書館出版品預行編目資料

湖它一把：東海岸最詩的傳奇 / 周慶華著. -- 初版. -- 臺北市：華志文化事業有限公司, 2022.07
面；　公分. -- (觀念詩 ; 02)
ISBN 978-626-96055-3-8(平裝)

863.51　　111008995

華志文化事業有限公司
系列／觀念詩02
書名／湖它一把：東海岸最詩的傳奇

作者　周慶華
執行編輯　楊雅婷
美術編輯　簡煜哲
封面設計　王志強
文字校對　陳欣欣
企劃執行　康敏才
總編輯　吳志文
社長　楊凱翔
出版者　華志文化事業有限公司
電子信箱　huachihbook@yahoo.com.tw
地址　116台北市文山區興隆路四段九十六巷三弄六號四樓
電話　0937075060

總經銷商　旭昇圖書有限公司
地址　235新北市中和區中山路二段三五二號二樓
電話　02-22451480
傳真　02-22451479
郵政劃撥　戶名：旭昇圖書有限公司（帳號：12935041）

書號　G602
出版日期　西元二〇二二年七月初版第一刷

PRINT IN TAIWAN

華志文化